JN098893

あさはやくに

ANKSTI RYTĄ
Salomėja Nėris

サロメーヤ・ネリス
木村 文 訳

ふらんす堂

目 次

Turinys

あさはやくに

ANKSTI RYTĄ

ANKSTI RYTĄ

Anksti rytą parašyta
Daug naujų skambių vardų.
Versiu knygą neskaitytą
Nuo rytų lig vakarų.

Anksti rytą baltos laumės
Laimę lėmė man jaunai;
Ir išbūrė ir nulėmė
Būti jauna amžinai.

Saulė žeria anksti rytą
Daug auksinių valandų.
Rytą auksu parašytą
Mano vardą ten randu.

*

Žemė kryžkeliais žegnojas.
Tiems visiems, kur be sparnų,

あさはやくに

あさはやくに書かれた
たくさんの新しいひびきの名前。
読まれていない本をめくろう
東から西まで。

あさはやくに白い魔女たちが
わかいわたしの幸せを決めた；
そして予言し運命づけた
永遠にわかくいることを。

黄金の時間をあさはやくに
太陽がたくさん注いだ。
あさに金いろで書かれた
わたしの名前をそこで見つける。

*

大地が十字路をわたる。
つばさがない、そのすべてに、

あ

Pavergė dulkėtas kojas.
Aš su saule ateinu.

Šiltas vakaras dainuoja:
Rytoj pievos sužydės,
Rytoj bus gražu, kaip rojuj,
Dainų dainos suaidės,

Nubarstysiu anksti rytą
Pilką kelią gėlėmis.
Laimę kryžkeliuos skaitytą
Palydėsiu dainomis.

すすけた脚をささげる。
わたしは太陽とやってくる。

あたたかなよるが歌う：
明日は平原が花さくぞ、
明日は美しくなるぞ、楽園みたいさ、
歌という歌が鳴りひびくのさ、

花々をあさはやくに
灰いろの道に広げよう。
十字路で読まれた幸せに
歌と一緒についていこう。

あ

TAU JAUNAM

Sužydėjo visos gėlės
Lig vienai.
Sužydėjo visos gėlės
Man jaunai.

Aš nuskinsiu visus žiedus
Lig vienam.
Aš surinksiu visus žiedus
Tau — manam.

Plaukia plaukia baltos būrės
Per marias.
Tavo dainą neša vėjai
Per girias.

Ten už marių kyla bokštai
Ateities.
Šviesūs šviesūs tavo rūmai
Be nakties.

わかいきみに

さいた　すべての花が
ただひとりに。
さいた　すべての花が
わかいわたしに。

わたしがすべての花をつもう
ただひとりに。
わたしがすべての花を集めよう
きみに──わたしに。

進む進む白い船が
池の上を。
きみの歌を風が運ぶ
森の中を。

その湖のかげにそびえる塔は
未来のもの。
まぶしいまぶしいきみの宮殿に
よるはない。

あさ

Skamba vasaros auksinės
Tau jaunam.
Skamba skamba mano dainos
Tau vienam.

ひびく　金いろの夏
わかいきみに。
ひびくひびく　わたしの歌
きみひとりに。

あ

JAUNYSTĖ

Saulės nudeginta, basa,
Tu — amžina sielos daina.
Tau akyse dangaus šviesa.
Tu man viena, viena, viena.

Žiedų, nei auskarų brangių,
Nei šilko rūbų neturi.
Plaukuose gėlės iš rugių,
O veide šypsena skaidri.

Vai, kad žinočiau, kur takai
Į kraštą, kur tu gyveni!
Bet tu šypsais ir nesakai.
Tik ateini ir nueini...

O saulės mylima daina!
Laukinio juoko skambesys —
Auksinio ryto dovana
Ir vakarinis ilgesys.

青春

太陽に灼かれた、はだしの、
きみは——永遠のたましいの歌。
きみにとっては瞳の空の光。
きみはわたしにとって　ひとり、ひとり、ひとり。

りっぱなゆびわも、耳かざりも、
シルクの服もきみは持っていない。
髪にはライ麦の花、
そしてかおには澄んだ笑み。

ああ、きみが住んでいるあの場所への、
みちはどこなのか、知ってさえいれば！
でもきみは笑って何も言わない。
ただやってきて去ってしまう……

そして太陽に愛された歌！
平原の笑いのひびき——
黄金のあさのおくりもの
それとよるの恋しさ。

あ

Skambėk rugiagėlių rasa:
Širdis jauna, jauna, jauna.
Saulės nudeginta, basa
Tu man viena, viena, viena.

ひびけヤグルマギクのつゆ：
心はわかい、わかい、わかい。
太陽に灼かれた、はだしの
きみはわたしにとって　ひとり、ひとり、ひとり。

あ

BALTU KELIU

Keliu varpeliai skamba ir skamba.
Namai ir medžiai pakeliais bėga.
Visur taip balta, gražu ir lygu.
Tik juodos akys žiūri pro sniegą.

Prašyk, ko nori, ko tiktai nori:
Šiandien aš nieko neatsakysiu.
Pasaka dėvi žvaigždžių karoliais.
Balti pasauliai mano akyse.

Kraujas taip verda, lūpos taip dega.
Kas mano mįslę šiandie atmintų,
Jo vardas vienas širdy liepsnotų
Naujųjų metų šviesiu žibintu.

白い路上で

路上で鈴がひびいてひびく。
家々と木々が路上を走る。
どこもかしこも白くうつくしく平たい。
ただ黒い瞳が雪ごしに見ている。

願いなさい、何がほしいか、ただ何がほしいのか：
今日わたしは何も答えはしない。
おはなしが星のビーズを身にまとう。
白い世界がわたしの目に映る。

血がわいているかのよう、くちびるが燃えているかのよう。
わたしのなぞかけを今日覚えている者の、
その名前のひとつが新年の明るいともしびで
心の中で燃え上がった。

あ

VELYKŲ RYTĄ

Tyla — rytinio džiaugsmo maldos.
Keliuose žmonės, tartum, vėlės.
Varpai padange plevėsuoja,
Baltąsias vėliavas iškėlę.

Į vandenyną plaukia upės...
Nakčia sukurti laužai gęsta.
Į ryto saulę galvos linksta.
O širdys spinduliuos paskęsta.

Pavasarinės aukos smilksta.
Žibuoklėmis pražydo širdys.
Pasauli džiaukis! Niekas, niekas
Jaunatvės juoko nenutildys!

復活祭のあさに

しずかだ——あさの喜びの祈り。
路上で人々は、まるで、たましいのようだ。
白い旗をかかげると、
鐘が天空を舞う。

海へと泳いでいく川……
よるでつくられた炎が消える。
あさの陽へと頭をたれる。
心は陽光にすいこまれていく。

春の犠牲がやけていく。
アネモネが心にさきみだれる。
世界よ喜べ！　なにも、なにも
わかさの笑いを黙らせはしないのだ！

あ

夕べのヴァイオリン

VAKARO SMUIKAS

VIENUMA

Tavo namas, tavo kraštas —
Miško sutema.
Tavo žingsnių aidi aidas
Amžių glūduma.

Mano languose vijokliai
Kalbas su naktim.
Atėjai žalčiais apjuostas,
Su žaliom akim.

Atėjai tu ne iš saulės,
Su juoku nakties.
Šaltos lūpos, žalias žvilgis —
Pranašas mirties.

Kalnuose žaibai vyniojas
Mėlynais žalčiais.
Kalnuose gaisrai plasnoja
Alkanais sparnais.

こどく

きみの家、きみの居場所──
それは森のたそがれ。
きみの足音のこだまがこだまする
永遠の淵。

わたしの窓ではひるがおが
よると対話する。
きみは草へびにまかれて来た、
緑の瞳とともに。

きみは太陽から来たのではなく、
よるの笑みといっしょ。
冷たいくちびる、緑の視線──
それは死の予言。

山では稲妻が青い草へびを
身にまとう。
山では空腹のつばさが
うるさく羽ばたく。

あ

Kalnuose...
          Tyli ir lauki
Žodžio nebylaus.
Šalto sfinkso šaltos akys
Nieko nebeklaus.

Tu palik čia, kur vijokliai
Saugoja naktis.
Mane kalne baltam lauže
Saulė pasitiks.

山では君が……
　　　　　　　静かにして待っている
無音の言葉を。
冷たいスフィンクスの冷たい目は
何もたずねない。

きみはここに残るのだ、ひるがおが
よるを守るところに。
山の白いかがり火でわたしと
太陽はであうだろう。

あさ

VAKARO SMUIKAS

Skundžiasi smuikas — ašaros žydi.
Ilgesiu virpa valso aidai:
„Kai mylimasis namo palydi,
Širdis plasnoja, dega veidai".

Supasi žvaigždės plačioj padangėj,
Supasi lapai mėnesienoj.
Koks žiedas skečias jaunoj krūtinėj?
Koks aidas virpa tavo dainoj?

Mirtis — gyvybė, ašaros — džiaugsmas.
Visur šešėliai kloja takus.
Tik tavo dainos — mano pasaulis.
Tik tavo akys — mano dangus.

Vakaro smuiko mylimos dainos
Sapnais sūpuoja ilgas naktis.
Kad nenutiltų, kad nenumirtų,
Kol mano ryto saulė prašvis.

夕べのヴァイオリン

ヴァイオリンはぐちをこぼす――なみだは花さく。
待ち遠しさでワルツのこだまがふるえる：
「愛する人が家に向かっているとき、
　心は波打って、かおは輝くの。」

ゆれる星々は広い天空に、
ゆれる葉っぱは月明かりの中に。
どんな花がわかい胸に広がるのか？
どんなこだまがきみの歌でふるえるのか？

死――生、なみだ――喜び。
どこでもかげが道をおおう。
ただきみの歌だけ――それがわたしの世界。
ただきみの瞳だけ――それがわたしの空。

夕べのヴァイオリンの好きな歌は
夢によって長いよるをゆらす。
止まらないだろう、死なないだろう、
わたしのあさの陽がのぼるまで。

あ

IŠKELIAUJANT

Nakties marių juodą plotą
Žiburiai nušvies.
Perskros gūdžią žemės tylą
Dainos ateities.

Smarkus vėjas, marių vėjas
Ištiesė būres.
Audros vėtros tave neša
Per plačias mares.

Ar sulauksiu tavęs jauno
Grįžtant atgalios?
Ar undinės marių daina
Tave pavilios?

Praskambėjo žemės dainos
Glūdumoj nakties.
Ir užgeso kaitrūs laužai —
Kelio nebešvies.

たびだちに

よるの海の黒い空間を
光が照らすだろう。
まよなかに大地のしずけさを
未来の歌がひきさくだろう。

強風が、海風が
帆をのばした。
嵐の暴風がきみを運んだ
広い海の上を。

わかくあと戻りしているきみを
わたしは待つだろうか？
人魚たちの歌が
きみをひきつけるだろうか？

まよなかに鳴りひびいた
大地の歌。
そして燃える炎は消えた——
もう道を照らすことはない。

Aš balta žuvėdra verksiu
Virš tamsių bangų.
Ir klausysiuos apie tave
Pasakų ilgų.

わたしは白いカモメ
暗い波の上で泣くだろう。
そしてきみについての長い話に
聞き入るだろう。

JŪRŲ PASAKA

Jūra be galo, jūra be krašto.
Laivų skenduolių ji karalystė;
Kur vėjams grojant, bangos dainuoja,
Kur balti žirgai lekia putoja.

Aš su bangomis žaisiu ir šoksiu,
Vėjų laisvųjų dainas dainuosiu.
Vakaro saulės juostų audėja
Žvaigždėtam guoly žemę svajosiu.

O tu, gododams saulės godelę,
Eisi pajūrin gintarų rinkti.
Eisi vakarių svajų svajoti,
Ilgesio dainą jūrai dainuoti.

Vakaro vėjas pučia nuo kranto:
Ritasi bangos toliman tolin.
Labąnakt liki baltas sveteli.
Man patalėlis — jūros dugnelis.

海のおはなし

端がない海、隅がない海。
おぼれる船の海は王国だ；
そこでは風が奏でて、波が歌い、
そこでは白い馬が走り泡汗をかく。

わたしは波とともにたわむれ踊ろう、
自由な風の歌を歌おう。
夕陽の帯を織る者によって
星がいっぱいの床で大地を夢見よう。

そしてきみは、太陽の夢を夢みながら、
海辺にこはくを集めに行くのさ。
西の夢を見に行って、
なつかしの歌を海に歌うのさ。

夕べの風が海辺から吹く：
転がる波が遠く遠くへ。
残った白いお客よおやすみ。
わたしにとっての寝床——それは海岸。

あ

Tau žemės grožis, žydinčios pievos.
Tau žemės dainos, deganti meilė.
O man klajonė, mėlinas tolis
Jūros berybės keliai klajoti.

Aš išbučiuosiu krantą smiltinį,
Kur tavo kojos vakar ilsėjos;
Amžius kartosiu ilgesio dainą,
Kurią tu vakar jūrai kalbėjai.

きみにとっての大地の美しさ、それはたわむれている平原。
きみにとっての大地の歌、それは燃える愛。
そしてわたしにとっては冒険、青い彼方が
果てない海の旅路にさまよう。

きみの脚を昨日休めた、
砂浜にわたしは口づけよう；
きみが昨日海に語った、
なつかしの歌を永遠にくり返そう。

あ

KRYŽKELY

Ilgisi ant kalno pušys.
Meldžias vakaro tyla.
Sutemose verkia smuikas.
Verkia alpstanti siela.

Vai, atplauks baltoji gulbė
Ir liepsnų sparnais sumos.
Aš išeisiu šviesiais rūbais
Iš užburtos sutemos.

Balti rūmai vienuolyno
Ir alejos, kaip naktis
Man širdies neatrakino,
Nenuskaidrino mintis.

Ak, iškelk mane į saulę,
Ar nutrenki į gelmes!
Čia tvanku man, kur gyvatės
Vien bešliaužo po žemes.

十字路よ

山の松の木が恋しがる。
よるのしずけさが祈る。
たそがれにてヴァイオリンが泣く。
消えゆくたましいが泣く。

ほら、泳ぎ来る白鳥が
炎のつばさで羽ばたく。
わたしは明るい服で出よう
予言されたたそがれから。

修道院の白いたてものと
道は、まるでよるが
わたしに心を開かないように、
考えがはっきりしない。

もう、わたしを太陽まで持ち上げて、
もしくは深水にたたきつけて！
ここはわたしには息ぐるしい、ただへびが
地中で這うところだ。

あ

TEMSTANT

Pražilo sodas žiedų žiedais.
Kvepiančios snaigės iš obelies
Kasas apsnigo. Jis čia ateis
Iš mano sapno baltos pilies.

Ežero žydry tyli dangus:
Burtai žvaigždėti žaliam dugne.
Toly sutirpo juodas žmogus.
Sutemų jūra supa mane.

Dūsauja sodas. Nejaugi jo
Nebesutiksiu žemės keliuos.
Lauksiu jo šiandie, lauksiu ryto,
Kol baltas sapnas mane liūliuos.

Ežero gelmės žydi ugnim:
Miestas užkeiktas glūdi dugne.
Kas nakties mįslę spės su manim?
Vienumos šaltis supa mane.

暗くなるとき

花園が花々により灰いろになった。
かぐわしいりんごの木からの雪片が
まとめ髪を雪でつつむ。彼はここにくるだろう
わたしの夢の白い城から。

湖の青空が空をしずまらせた：
星だらけの魔法は緑の床の上。
遠くで黒が人々にとける。
うす暗い海がわたしをゆらす。

ためいきをついた庭。本当に彼とは
大地の旅路でもう会うことはない。
今日彼を待とう、あさを待とう、
白い夢がわたしをあやすまで。

湖の深水が火をさかせる：
魔法をかけられた町が底にひそむ。
だれがよるのなぞをわたしと一緒にとくのか？
こどくの冷たさがわたしをつつむ。

あ

SAULĖLEIDIS

Saulę sapnuodamos, supasi šakos.
Vakaro vėjas myluoja krūtinę.
Skęsta mintis į liepsnojančius vakarus.
Mylimą vardą topoliai mini.

Varpai vakariniai paskendo į Nemuną.
Kažin kur smuikas skundžias lig ašarų.
Žiūri ir plečiasi mylimos akys
Tylinčiam veidrody mėlyno ežero.

Sukasi, pinasi sutemų pasakos.
Skrenda naktis pro banguojantį debesį.
Saulę sapnuodamos, supasi šakos,
Bokštai, sukaustyti, tyli ir stebisi.

日没

太陽の夢を見て、枝はゆれる。
よるの風が胸をなでる。
考えは燃え上がるよるへとしずむ。
好きな名前をポプラが思い出す。

よるの鐘がネムナス川にすいこまれる。
どこかでヴァイオリンがなみだするまでぐちをこぼす。
見て広がり愛される瞳は
しずまっている青い湖の鏡の中に。

まわってねじれるたそがれの物語。
かたまりの雲をこえてよるが飛ぶ。
太陽の夢を見て、枝はゆれて、
塔はつらなっていて、静かでおどろいている。

あさ

黄いろの旗

GELTONOS VĖLIAVOS

GELTONOS VĖLIAVOS

Visur plevesuoja vėliavos geltonos.
Saule nudažytos, visur plevesuoja.
Raganos paleido šilko plaukus plonus.
Ar girdi, kaip žemė gedulu alsuoja.

Vėliavos geltonos vakare šlamėjo.
Skraido aukso gulbės parke ir alėjoj.
Mėlyni šešėliai šūkauja suėję:
Kilkime su vėju, skriskime su vėju.

Eisi — susitiksi prieblandoj gražuolę,
Pasaką vaikystės prisiminsi vėliai.
Tūkstančiai gyvybių ją maldaus parpuolę.
Pasitiks šešėliai, palydės šešėliai.

Vėliavos geltonos — gėlės nužydėję.
Verkia mėnesienoj gedulo trimitai.
Keistas nujautimas vaikšto po alėją:
Ką gi tu sakysi viešniai neprašytai.

黄いろの旗

どこもかしこもはためく黄いろの旗。
太陽でぬられ、どこもかしこもはためく。
魔女たちが放った絹の細い髪。
聞いたか、いかに大地がかなしみで呼吸するのか。

黄いろの旗は夕方にささやいた。
黄金の白鳥が公園と大通りで羽ばたいた。
青いかげが集まったのちわめいた：
飛び立とう風とともに、飛んでいこう風とともに。

行くだろう——きみはたそがれにて美人と会うだろう、
幼少期のおはなしをあとで思い出すだろう。
千の生き物が現れたら彼女にたのみこむだろう。
影が会うだろう、影がついていくだろう。

黄いろの旗——それはさき終わった花々。
かなしみの囚人たちは月明かりの中で泣く。
おかしな予感が散歩した大通り：
きみは招かれざる客に何を言うだろうか。

VĖJAS

Vėjas, oi vėjas...
Vejas ir vejas...
Plaukus paleido ir apkabino.
Ir išbučiavo veidą, krūtinę.

Laukų aguoną —
Lapą geltoną
Į mano plaukus slapčia įpynė.
Rudenio meile dega krūtinė.

Lėkti ir lėkti
Ir nepasiekti...
Akys užmerktos, juokiasi veidas.
Neša ir supa vėjas palaidas.

風

風、ああ風……
風に風……
髪を解きはなち抱いた。
そしてかおに胸に口づけた。

平原のけしを――
黄いろの葉を
わたしの髪にこっそりと編みこんだ。
秋の愛を燃やす胸。

飛んで飛んで
そして届かない……
目は閉じられ、かおが笑う。
かかえてゆれるゆるやかな風。

あ

RUDENIO SAULE

Rudens saulė — meldžias gėlės.
Rudens saulė — žaidžiu aš.
Ir mane pagriebęs vėjas,
Kaip lapelį neš ir neš.

Debesys, kaip vagys slenka
Baltos saulės pasitikt.
Pasiryžo net nei menko
Spindulėlio nepalikt.

Trankos vėjas, kaip pašėlęs,
Mintis blaško, kaip lapus.
Saulę vydamas šešėlis,
Ritas, ritas per laukus.

Vejas, vejasi šešėlis.
Saulė bėga prieš mane.
Bėga su manim ir gėlės
Gyvos rudenio sapne.

秋の太陽よ

秋の太陽——それは祈る花々。
秋の太陽——それはたわむれるわたし。
そしてわたしをつかんでいった風、
まるで葉っぱを運んでいくよう。

雲がまるで忍び足のどろぼうのように
白の太陽にであう。
たとえかすかな
陽光が残らなくとも心に決めた。

どたばたする風、まるで狂ったよう、
考えが追う、まるで葉のよう。
太陽を求めながらかげが、
平原を駈けて取っ組みあう、取っ組みあう。

風、追いかけるかげ。
太陽がわたしの前を走る。
わたしと走る秋の
夢にはいきいきとした花々。

あ

— Neištrūksi, nebeišbėgsi —
Gaudžia žemė verkdama.
— Su manim kartu gedėsi,
Kol ateis balta žiema.

「きみは逃げることはない、もう走り去ることもない」
泣きながら大地がうなる。
「わたしと一緒に悼むだろう、
　　白い冬がやってくるまで。」

あ

SUNKU

Ak, be padangių,
Be mėlynųjų
Sunku sunku.
Be saulės žvilgsnių,
Žiedų baltųjų
Sunku sunku.

Tuščios alejos,
Dangus be saulės,
Gaudžia varpai.
Geltoni lapai
Krisdami šlama:
„Kapai kapai".

O mano viltį,
Siusdamas graužia
Juodas žaltys.
Lyg karsto akmens,

たいへん

ああ、天空なしでは、
青いのなしでは
たいへんたいへん。
太陽の視線や、
白の花々なしでは
たいへんたいへん。

すいた道が、
太陽のない空が、
鐘を鳴らす。
黄いろの葉が
落ちながらささやく：
「おはかおはか」

そしてわたしののぞみを、
狂いながら食んでいる
黒い草へび。
まるでひつぎの石でできたみたいに、

あ

Slegia krūtinę
Skausmo naktis.

Kad tik sušvistų
Rudens saulutė;
Nors ir liūdna —
Siela pakiltų
Ir suplasnotų
Jauna, jauna.

Kur buvo džiaugsmas
Lapai geltoni.
Sunku sunku.
Pralėkė laimė
Ir nesustojo.
Sunku sunku.

胸を押さえている
いたみのよる。

ただ光ったのだとしたら
秋のおひさまが；
たとえ悲しくはあっても──
たましいはのぼっていくだろう
そしてはためく
わかい、わかい。

喜びはどこだったか
黄いろの葉も。
たいへんたいへん。
飛んでいく幸せは
止まりもしない。
たいへんたいへん。

RUDENIO DIENOS

Rudenio dienos, kaip mano svajonės.
Nykios ir pilkos.
Gedulo ūkanom, lapais geltonais
Sielą apvilko.

Giedodami debesys traukia į rytus
Per visą dieną.
Murzina saulė, blyškiai sušvitus,
Merkia blakstieną.

Rudenio ašaros skambina langą.
Vėjai keliauja.
Vėjai, kaip mintys, po sutemų angą
Dūkti neliauja.

秋の日々

秋の日々は、わたしの夢のようだ。
おかしくて灰いろ。
かなしみの霧に、黄いろの葉で
たましいをかざる。

歌いながら雲々は西へ流れる
丸一日中。
汚れた太陽は青ざめて照らされていて、
まつげを閉じる。

秋のなみだは窓を鳴らす。
風が旅する。
風は、考えのように、たそがれの始まりのたびに
香らなくなることをやめない。

あ

NAŠLAITĖS NAKTIS

O naktie šaltoji,
O naktie ledine,
Pasakyk, kurs kelias
Veda į tėvynę.

Ša-ša — krinta lapai.
U-u — lekia vėjas.
O naktis bekraujė
Tyli kaip tylėjus.

Tik šešėliai kuždas,
Tiktai lapai šlama.
Kaip baugu ir šalta.
Veskite pas mamą.

Moja gilus skliautas
Žvaigždėmis nušvitęs.
Šypsos tylios akys
Tolimos mamytės.

孤児のよる

寒いよるよ、
凍えるよるよ、
言うのだ、祖国へと
みちびくのはどの道なのか。

シャッシャッ──葉が落ちる。
ウーウー──風が流れる。
そして血の気のないよるは
しずまらされたようにしずかだ。

ただ風がささやく、
ただ葉がささやく。
なんておそろしく寒いのだ。
母へとみちびいておくれ。

星々が照らすと
深い天空が手をふる。
遠くの母ちゃんの
しずかな目が笑うだろう。

あ

Ten manęs ji laukia,
Ilgai nesulaukia.
O čia naktys verkia,
O čia vėjas kaukia.

Baltas rytas grįžta,
Naktį palydėjęs.
Mano žvaigždžių sapną
Nusinešė vėjas.

Vėliai mane veda
Iš nakties klajonės
Svetimas man rytas
Į svetimus žmones.

そこでわたしを待つが、
長くは待たない。
そしてここでよるが泣いて、
そしてここで風がうめく。

よるが去っていって、
白いあさが帰ってきた。
わたしの星々の夢を
風が持ち去った。

またわたしをみちびく
わたしの知らないあさが
よるのさまよいから
よそものたちへと。

あ

銀のこどく

SIDABRINĖ VIENUMA

SIDABRINĖ VIENUMA

Rieda rieda baltos naktys
Sidabrinėmis alėjoms,
Kaip išbalusios našlaitės.
Kaip snieginės tylios fejos.

Skamba žvaigždės man po kojų.
Žvaigždės danguje dainuoja.
Už tų žvaigždžių tolimųjų
Skraido vasara manoji.

Aš likau užkeikto kalno
Nepasiekiama viršūnė.
Kaip nakčia paklydęs laivas
Neišplaukiamoje jūroj.

Ir vienų viena klajosiu
Sidabrinėj vienumoje.
O ten karštos linksmos žvaigždės
Mano vasarą dainuoja

銀のこどく

白のよるたちが
銀の大通りを転がる転がる、
まるで青白い孤児のように。
まるで雪のしずかな妖精のように。

星々がわたしの足元で鳴る。
星々が空で歌う。
その遠くの星々のかげで
わたしだけの夏が飛んでいる。

わたしは魔法をかけられた山の
とどかないいただきにいる。
まるでよるにそうなんした船が
出発できない海にいるように。

そして銀のこどくのなかを
たったひとりさまよう。
そこで熱く楽しい星々が
わたしの夏を歌っている。

SUTEMŲ VIEŠNIA

Tada, kai sutemų jūra užlieja
Žemę, aš laukiu, laukiu čia jos.
Žemės aistrų žibintus užgesinus,
Laukiu iš sutemų savo viešnios.

Toli nualpo, toli paliko
Mirštančios dienos, pilki garsai,
Jų žingsnių aidas kurčiai bildėjo,
Lyg sauja žemių karsto duobėn.

Tyloj užgimę, sutemų giesmės
Supo, liūliavo sapno sparnais.
Sutemų sostan slinko, ji slinko
Žingsniais be aido, žingsniais lėtais.

Sutemų sostan ji atsisėdo,
Žemę apjuosė žydrais sparnais.
O jų platybė — beribis skliautas.
Mirga sužydęs žvaigždžių žiedais.

たそがれの来客

そのとき、たそがれの海が大地に
あふれると、わたしはここで彼女を待つ、待つ。
大地のこだまがともしびを消したとき、
たそがれからの自分の来客をわたしは待つ。

遠くでかすみ、遠くで残る
忘れている日々、灰いろの騒音、
それらの足音のこだまが聾唖として音を立てる、
まるで大地のこぶしを穴へつるすように。

しずけさの中で生まれてから、たそがれの唄が
夢のつばさで、ゆれてあやした。
たそがれの玉座へとほら、彼女は這う
こだまなしの足取りで、ゆっくりの足取りで。

たそがれの玉座へと彼女は座した、
空いろのつばさで大地をかこんだ。
そしてその開けた場所は——果てのない天空。
星々の花々がさき乱れたあときらめいた。

あ

Vai, neužmiršiu tos valandėlės,
Kai ji bučiavo mano akis.
Tūkstantis saulių jos žvilgiuos švietė.
Žvaigždėmis degė mano širdis.

Ar pasiliksi, viešnia šviesioji?
— Ne, tuoj sutirpsiu rūmuos plačiuos.
Ar pasiimsi mane, skaisčioji?
— Ne, — tavo žvilgius saulė bučiuos.

Dabar, kai sutemų jūra užlieja
Žemę, aš laukiu, laukiu čia jos.
Žemės aistrų žibintus užgesinus,
Laukiu iš sutemų savo viešnios.

ああ、その瞬間を忘れないだろう、
彼女がわたしの目に口づけたときを。
千の太陽がその視線の中で光った。
星々によってわたしの心は燃えた。

ここに残るのか、光の客よ？
――いや、すぐに広い宮殿のなかでとけるつもりだ。
わたしを連れていくのか、まぶしい者よ？
――いや、――きみの視線に太陽が口づけるだろう。

いま、たそがれの海が大地に
あふれると、わたしはここで彼女を待つ、待つ。
大地のこだまがともしびを消したとき、
たそがれからの自分の来客をわたしは待つ。

LAUKIAMAJAI

Pilka žemė, pilki dangūs,
Kaukia vėjai alkani.
Tu viena, kaip saulių bangos.
Šviesius burtus dalini.

Tegu vėjai mane kelia
Lig padangių debesų.
Tegramzdina į bedugnę —
Man jau nieko nebaisu.

Ilgesiu virpės krūtinė,
Juodos sutemos nukris —
Tu ineisi paskutinė,
Paskutinė pro duris.

Grakščios palmės, baltos gėlės
Žydės, vys ir vėl žydės.
Šviesios akys žibuoklėlės,
Kaip ugnis tolios žvaigždės.

待合室に

灰いろの大地、灰いろの空、
うなる空腹の風たち。
きみはひとり、太陽の波のようだ。
明るい魔術をきみは分かつ。

風にわたしを持ち上げさせなさい
天空の雲々まで。
落ちなさい谷底まで——
わたしにはもう何も怖くない。

恋しさで胸がふるえるだろう、
黒いたそがれが落ちるだろう——
きみはさいごに入りゆく、
さいごはドアごしに。

優雅なやしの木々、白い花々は
さくだろう、散ってまたさくだろう。
ミスミソウのお花の明るい両目は、
まるで遠くの星々の火だ。

あ

Ges žvaigždutės, merksis akys,
Nenuskintos gėlės vys. —
Ges dienų pavasarinių
Paskutinis spindulys.

*

Tiek šviesos, tiek gėlių —
Aš apsvaigus tyliu.
Tos taurės kupina krūtinė.
O, kad ji būtų paskutinė!

Ateik, ateik, tavęs aš laukiu —
Dabar visi veidai be kaukių.
Ateik, ateik — aš taip bijau,
Juk aukuras užges tuojau.

悪くなりゆく星々、閉じゆく両目、
つまれていない花々が散っていく。――
悪くなりゆく春の日々
さいごのひざし。

                    *

光と花々と、そのどちらも――
わたしは酔ってしずかになる。
そのさかずきを胸があふれさせる。
ああ、あれがさいごだったのに！

来るのだ、来るのだ、きみをわたしは待つ――
今みなのかおに仮面はなし。
来るのだ、来るのだ――わたしはとてもおそれている、
ほらすぐに聖餐台は消えゆく。

あさ

Parpuolus, žemę išbučiuosiu,
Kad nešykštėjo man žiedų;
Jai savo rūbą atiduosiu.
Ir su tavim skrendu, skrendu.

落ちたら、地面に口づけよう、
わたしに花をおしまなかったのだ；
彼女にわたしの服をあたえよう。
そしてきみと飛ぶ、飛ぶ。

あ

GEDULAS

Dvylika nakčių be miego
Šviesų karstą palydėjo.
Ir lelijos balto sniego
Mėnesienoj suledėjo.

Iš lelijų sidabrinių
Byra ašaros ugninės.
Tolimųjų gintarinių
Jūrų ilgisi undinės.

Man paskolinkit, lelijos,
Ašarėlių skambančiųjų.
Mano ašaromis lijo
Ir raudoti negaliu jau.

Susirinko aušros visos
Suliepsnot ant mano kryžiaus.
Rymo juodas kiparisas,
Nekalbėti pasiryžęs.

哀悼

眠りのない十二のよるが
明るいひつぎについていった。
そしてゆりの白い雪を
月明かりの中で氷でおおった。

銀いろのゆりから
炎のなみだがあふれだした。
遠くのこはくの
海を人魚たちが恋しがる。

わたしに貸しなさい、ゆりたちよ、
鳴っているなみだのしずくを。
わたしのなみだで雨がふって
もう泣くことはできない。

集まった日の出すべてが
わたしの十字架の上で燃え上がった。
話さないことを決めたあと、
黒の糸杉が寄りかかった。

あ

MIŠKU

Užkerėtos sfinkso akys
Juodo miško glūdumoj
Spindi, tarsi dvi ugnikės,
Nenumirštamoj dūmoj.

Bėgu, bėgu — šaukia akys —
Skamba miškas ir širdis
Kažkas skrisdamas pasakė:
— Ten pušynuose mirtis.

Prieblandos trimitai gaudė,
Degė laužai vakaruos.
Aukso pušys issimaudė
Saulės pasakų gaisruos.

Bėga pušys — baltas takas.
Prašliaužė gyvatės trys
Ir pasakė, kad šią naktį
Pabučiuos mane mirtis.

森によって

魔法をかけられたスフィンクスの両目は
黒い森の淵において
光った、まるでふたつの火の粉のように、
不死の霧の中で。

走るよ、走るよ——瞳はさけんだ——
ひびいた森と心
何かが飛びながら言った：
——そこの松林に死がいるよ。

たそがれのトランペットが鳴った、
かがり火で西が燃えた。
金の松の木々が浴びている
太陽のおはなしは赤面するだろう。

松が走る——白いみち。
へびが三匹つきやぶって
そして言った、こんやは
死がわたしに口づけるだろう。

あ

JUODAS SVEČIAS

Už lango vėjas ir lietus.
Už lango stovi juodas svečias
Ir prašosi vidun.
Sieloje baltos gėlės žydi.
Sieloj jaunatvės dainos skamba.
Sieloj... dainuoji tu.

Nedegsiu laužų tavo nakčiai.
Nerinksiu žodžių tavo maldai.
Neskinsiu tau žiedų.
Ugnis jaunystės — mano akys.
Skirta giesmė — manoji meilė,
Be žodžių, be gaidų.

Kas atgaivins nuskintą žiedą?
Kas nuramins palaužtą širdį?
Kas sugrąžins „myliu"?

黒い客

窓のかげには風と雨。
窓のかげに立っている黒い客は
そして中へと乞うた。
たましいでは白い花々がさいている。
たましいでは若気の歌がひびいている。
たましいでは……きみが歌う。

きみの宵のために炎を燃やさないだろう。
きみの祈りのために言葉を集めないだろう。
きみに花々をつむことはないだろう。
青春の火──それはわたしの瞳。
いろんな歌──それはわたしだけの愛、
言葉もなく、メロディもなく。

誰がつまれた花を生き返らせるのか？
誰が壊れた心をしずめるのか？
誰が「愛してる」を返すのか？

あ

Mirtis tik šypsos tuštumoje,
Ir vienas baltas žiedas liūdi
Tarp vystančių gėlių.

Už lango... vėjas supa naktį.
Girgždena vien pravertos durys.
Viduj tamsu tamsu.
Nutilo aidas paskutinis —
Sieloje vieši juodas svečias
Be žodžių be garsų.

死はただ空虚の中で笑む、
そしてかけあわされた花のあいだで
ひとつの白い花は悲しむ。

窓のかげに……風がよるにゆれる。
ただ半開きの戸がきしんだ。
中は暗い暗い。
最後のこだまが止んだ——
たましいでは黒い客がおとずれる
言葉もなく音もなく。

あ

BALTIEJI KALNAI

O baltieji kalnai, o baltieji kalnai,
Nusilenkti aš jums, kaip dievams atėjau.
Jūsų skraistė—dangus, karūna—žvaigždynai
O ir saulė jus myli užu viską labiau.

Vai, baltieji kalnai, — nebylieji dievai,
Ar jūs mokat, taip jaust, kaip mažoji širdis:
Ir kentėt i r mylėt ir skrajoti laisvai,
Ten, kur krykščia jaunatvė, ten kur siaučia mir-
    tis.

Nejau mano maldos neišgirs, nepajus
Stebūklingi karaliai savo soste šaltam.
Tiktai vieną svajonę tokią skaisčią, kaip jūs,
Aš palaidot norėčiau jūsų bokšte baltam.

白の山脈

白の山脈よ、ああ白の山脈よ、
わたしはあなたに身を投げ出す、神々の前に来たかのよ
　　うに。
あなたのヴェール——それは空、あなたの冠——それは
　　お星さま
ああそして太陽は何よりもあなたを愛している。

おお、白の山脈、——無口な神々よ、
あなたは教えるのか、感じるように、小さな心のように：
自由のためにかつ苦しみかつ愛し飛んだ、
そこは、青春が歓喜したところ、死がささやくところ。

わたしの祈りを聞かないだろう、
奇跡の王たちはみずからの王座を冷たいものと、感じな
　　いだろう。
ただひとつのそんな明るさの夢を、あなたのように、
わたしはあなたの白い塔の中でほうむりたい。

あ

IŠ NAMŲ

Lydėjo mane kalnai, lankos,
Dundėjo vieškeliai takai,
Į ten, kur niekas nesilanko,
Nekrykščia saulėje vaikai.

Sugrįš pavasaris vaikystės,
Lange šypsosis, žaisti šauks,
Ir saulės pasakas sakys man.
Bet manęs niekas ten nelauks.

Aš rymosiu, kur plačios jūrės,
Kur klykia paukščiai alkani.
O kilkit, lėkit baltos būrės —
Ten šaukia toliai mėlyni.

おうちから

わたしについてきた山々、牧地、
高架の道路がうなり、
そこにだれも訪れないところに、
こどもたちが太陽にて歓喜する。

こどものころの春がもどってくるだろう、
窓で笑っている、たわむれてさけぶだろう、
そしてわたしに太陽のおはなしをするだろう。
でもわたしをそこで誰も待たないだろう。

わたしはよりかかるだろう、広い海のところで、
空腹の鳥たちがわめくところで。
そして飛び上がれ、白の船よ飛べ──
そこで青の彼方がさけんだ。

あ

大地が燃える

ŽEMĖ DEGA

PAVASARĮ

Kai jūra lingavo, pavasario vėjas
Žibuoklėmis dvelkė plačiaisiais laukais.
Dienelės svaigino saulėtais žvelgimais,
O nemigos naktys žvaigždėtais sapnais.

Tik tau aš dainuoju, tik tau aš meldžiuosi—
Vidunakčio šmėklos manęs nesupras.
Kai tu, lyg plaštakė, gėles išbučiuosi,
Aš kursiu tau meilės ir džiaugsmo dainas.

Ar švisim žaibais, ar liūdėsim prie kapo,
Ir dainos ir ašaros bus mums kartu.
Sudievu, pavasariu žydinti žeme!
Į baltas viršūnes žvaigždėtu ratu!

Kasdieną man saulė ir ilgesio dainos,
Kasdieną renku tau laukinių žiedų.
Dangus ir jaunatve kvėpuojanti jūra.
Tik tavęs, tik tavęs tenai nerandu.

春に

海がゆれるとき、春の風が
広い平原をミスミソウで香らせる。
日々が太陽の視線で酔う、
それと眠れないよるの星の夢によって。

ただきみにわたしは歌う、ただきみにわたしは祈る――
まよなかの亡霊たちはわたしを理解しないだろう。
きみが、蝶のように花々に口づけするとき、
きみに愛と喜びの歌をわたしは作ろう。

稲妻で光るのか、おはかのそばで悲しむのか、
歌がなみだがわれわれとともにあるだろう。
さよなら、春によって花さいた大地よ！
星いっぱいの輪とともに白のいただきへ！

毎日わたしには太陽と恋しさの歌があり、
毎日きみには草原の花々を集める。
空とわかさで呼吸している海。
きみだけ、きみだけがそこで見つからない。

あ

MARIOSE

Marių rytas supa aušrą
Purpuriniuos vystykluos.
Baltos rankos saulės valtį
Iki vakaro irkluos.

Vėjas jau bangas šokina,
Bangos puola man į kojas.
Jūrą verkti išmokino
Ir dainuoti lig rytojaus.

Lauksiu dieną, lauksiu naktį;
Lauksiu dvylika dienų.
Ir sutiksiu karalaitį
Gintarinių vandenų.

Apkabina mane vilnys,
Ir liūliuoja ir myluoja.
Vilnys supa, vilnys myli.
Laisva jūroj ir krūtinėj.

海にて

海のあさが日の出をゆらす
紫のおむつの中で。
白い手の太陽がボートを
よるまでこぐだろう。

風はもう波をはねさせている、
波はわたしの足に身を投じる。
海に泣くことと
あさまで歌うことを教えている。

わたしは昼に待とう、よるに待とう；
十二日のあいだ待とう。
そしてこはくの海の
王子に出会うだろう。

わたしを波が抱きしめる、
そしてあやしてなでる。
波がゆらす、波が愛する。
自由は海と胸の中に。

あさ

Kad krūtinė man skaudėjo,
Ak, tai buvo taip senai.
O dabar su manim vėjai,
Ir dangus ir vandenai.

Baltą naktį, mano jūra,
Aukso apsiaustu spindėsi,
Ir sapnuosi žvaigždžių sapną.
Aš po kryžkelius kliedesiu.

Jūra supas, jūroj žydi
Chrizantemos vandenų.
Baltos bangos nepavydi
Nei svajonių nei dainų.

Kaip čigonės, degęs veidas
Pietų saulės spinduliuos.

胸がわたしを痛めること、
ああ、もう古いことだ。
そして今はわたしとともに風、
それに空と海も。

白いよるに、わが海よ、
金の包囲で光るだろう、
そして星々の夢を夢見るだろう。
わたしは十字路をさまようだろう。

海はゆれる、海に菊の水が
はなさく。
白い波はねたまない
夢にも歌にも。

放浪者のように、かおを燃やし
南の太陽が照らすだろう。

101

あ

Kasos blizgančios palaidos,
Vėjai marių jas myluos.

Ten žuvėdros baltos skrieja
Su dejavimu gailiu.
Kažkas pajūriu artėja...
Jūra, jūra... aš myliu.

光ってゆるんでいるお下げ、
海の風がそれをなでるだろう。

そこに白いカモメが旋回する
悲嘆のうめきとともに。
何かが海岸を近づいてくる……
海よ、海よ……わたしは愛している。

あ

PAVASARIO SVAIGULYS

Tau pirmą pavasario dainą aukoju.
Tau žiedus žibučių sudėsiu po kojų. —
Tik skriskim kartu su pavasario vėju,
Su jaunu kvapu sprogstančiųjų alėjų.

Tu — aras galingas, aš — gulbė baltkrūtė.
Mums tolimos erdvės, mums marių saulutė.
Ilgaisiais sparnais mes žvaigždynus apjuosim,
Ten dangišką sapną abudu sapnuosim.

Kalnų mėlynųjų viršūnės išbąlę
Palaimins mūs sapną, užburs mūsų galią.
O jei tu į žemę sugrįžt panorėsi —
Aš tyliai numirsiu alyvų pavėsy.

*

Kur gėlynai žydi — ten ir aš.
Kur drugeliai žaidžia — ten ir aš.

春の酔い

きみにさいしょの春の歌をささげる。
きみの足元にミスミソウの花を並べよう。──
ただ春風とともに一緒に飛ぼう、
わかい香りとともに大通りが吹き上げる。

きみは──力強い鷲、わたしは──白い胸の白鳥。
わたしたちには遠くの空間、わたしたちには海のヒナギク。
長いつばさでわたしたちは星座を取りまこう、
そこで天空の夢をふたりで見よう。

青い山脈のいただきが青ざめたら
われらの夢を祝福するだろう、われらの力を呪うだろう。
そしてもしきみが大地へ帰るのを望むのなら──
わたしはしずかにオリーブのかげで死にゆこう。

*

花壇がさくところ──そこにもわたし。
蝶がたわむれるところ──そこにもわたし。

105

あ

Kur einu — margi drugeliai mane lydi.
Kur sustoju — man lelijos baltos žydi.

Mano mintys, mano svajos — tai vis tu.
Mano dainos, mano sapnas — tai vis tu.
Plasta žvaigždės, virpa saulė prie tavęs.
Kas mane į tavo rūmus benuves.

わたしが行くところ──まだらの蝶がついてくる。
わたしが立ち止まるところ──白いゆりがさいてくれる。

わたしの考え、わたしの夢──それはいつもきみ。
わたしの歌、わたしの夢──それはいつもきみ。
星々が脈動し太陽がふるえる、きみのそばで。
誰がわたしをきみの宮殿に連れていこうか。

あ

ŠOKĖJOS

Lyg sapnas, lyg vilnys liūliuoja laivelį.
Suvyto čia dienos ir šviesios ir pilkos.
Vadina į džiaugsmo, pavasario šalį
Ugninės aguonos, žydrakės vosilkos.

Grakštus liemenėlis, vylus pažvelgimas —
Širdyje aguonos, akyse vosilkos.
Jų žingsniai — pavasario burtų dvelkimas.
Jų akys — užkeiktų gražybių vagilkos.

Pažvelk į žvaigždėmis pražydusį dangų —
Nerasi nei vieno ten debesio pilko.
Jos stiepias, linguoja, lyg rožės prie lango,
Ir virpa ir supasi jūroje šilko.

Siūbuoja, kaip nendrės, kaip Nemuno bangos,
Vingiuojasi, raitos rytiniuos ūkuose
Ir vysta ir miršta, lyg rudenį lankos,
Begęstančia meile krūtinę apjuosę.

踊り子たち

夢のように、波が船をあやすように。
ここで消えゆく日々は明るくも灰いろだ。
喜びへと春の地を呼んだ
炎のけしが、青い目のヤグルマギクが。

優雅な幹、陰険な視線——
心にはけし、目にはヤグルマギク。
彼らの足取り——春の魔法のいぶき。
彼らの目——魔法をかけられた美しさのどろぼう。

星によってさいた空を眺めなさい——
ひとつとして灰いろの雲は見つからないだろう。
かれらはつま先立ちし、ゆれる、窓辺のばらのように、
絹の海でかつふるえかつゆれる。

波打つ、葦のように、ネムナス川の波のように、
くねっている、乗馬した東の農場で
かつ消沈しかつ忘れる、秋の牧地のように、
まだ消えている愛によって胸をまきつけたあと。

あ

PRO LANGĄ

Pro langą pažiūrėjo ryto saulė.
O po stalu gulėjo alkanas šuva.
Ir norai, kaip vulkanai, veržės į pasaulį.
Aš padaviau tau ranką ir: — eiva.

Pavasaris: plati ir mėlyna padangė.
Ir gėlėmis sužydę saulėti laukai.
Įskrisime pro didijį pasaulio langą.
Laisvųjų vėjų ir audrų vaikai.

Kampelį palikau, kur sutemos merdėjo,
Kur po stalu gulėjo alkanas šuva.
Trys kaminai į vidų jo žiūrėjo.
O ten lange plaštakė negyva.

Užkloti dulkėmis gyvena žmonės.
Jiems requiem aidėja kaminuos.
Klausykite, pamirškite klajones —
Liepsnojanti jaunatvė jums dainuos.

窓ごしに

あさの太陽が窓ごしに見ていた。
机の下には空腹の犬が横たわっていた。
そして願いは火山のように世界をつらぬく。
わたしはきみに手を渡そう：──そして行こう。

春：それは広くて青い天空。
そして晴れた草原が花々でさいた。
大きな世界の窓をこえて飛んでいこう。
自由の風と嵐のこどもたち。

わたしがすみに残した、たそがれが苦悩するところ、
机の下に空腹の犬が横たわるところ。
三本の煙突が中をのぞきこんだ。
そしてその窓にいたのは生きていない蝶。

ほこりをかぶって人々が生きる。
彼らに煙突でレクイエムがこだまする。
聞きなさい、さまよいを忘れなさい──
燃えるわかさがあなたに歌うだろう。

VIENĄ AKYMIRKSNĮ

Vieną akymirksnį mano jaunystė,
Kaip žaibas jaunas,
Širdį ugniniais sparnais suvystė,
Užliejo kraują.

Ir mano dienos — žėrinčios ašaros
Laumių akyse.
Skaido plaštakėmis, aukso pavasarius
Pina mintyse.

Aš nebijosiu girioj paklysti,
Jūroj paskęsti.
Nes man žadėjo žvaigždė—jaunystė
Niekad negesti.

一瞬のあいだの

一瞬のあいだのわたしの青春は、
まるでわかい稲妻のように、
心を炎のつばさでくるみ、
血をあふれさせる。

そしてわたしの日々は──魔女たちの目の中の
きらめくなみだ。
蝶々で分ける、金の春を
考えの中で編む。

わたしは森で迷うことを、海でおぼれることを
おそれない。
星がわたしに約束したから──青春は
いつまでもだめにならないと。

あ

なみだなしに

BE AŠARŲ

IŠVAKARĖS

Paskutinį mano meilės lašą
Aš išgersiu šiandien su tavim.
O rytoj: tave likimas neša,
Aš liekuosi kruvina širdim.

Ir budėsiu sutemų šešėliuos —
Man naktis akių nebesumerks,
Ir sapnai širdies jau nebedžiugins,
Ir, kaip jūra mano siela verks.

Lauksiu dieną, lauksiu ilgą naktį,
Skausmo glėby, lauksiu lig aušros.
Gal bent tuomet teks tave sutikti,
Kai trimitai mirties maršą gros.

Aš išgersiu šiandie paskutinę
Laimės taurę su tavim kartu.
O rytoj, man peilį į krūtinę
Smeigęs, iškeliausi tu.

宵

さいごのわたしの愛のしずくを
わたしは今日きみと飲み干そう。
そして明日：きみを運命が運ぶ、
わたしは血だらけの心と残ろう。

そしてわたしはたそがれのかげの中で起きているだろう——
わたしによるは目をつむらないだろう、
そして夢は心をもう喜ばせないだろう、
それに、海のようにわたしのたましいは泣くだろう。

わたしは昼に待つ、わたしは長いよるに待つ、
痛みの腕の中で、わたしは日の出まで待つ。
たぶん少なくともそのときにきみに会わねばならないだろう、
死のトランペットが忘却をかなでるときに。

わたしは今日最後の幸せのさかずきを
きみと一緒に飲み干そう。
そして明日、わたしの胸にナイフが
ささると、きみは旅立つだろう。

あ

DIENĄ PALYDINT

Vėl auksinis šiandie
kalnais nuskambėjo
Šaukia rausvas tolis toli vakaruos.
Mano pasiilgimas
nulėkė pavėju,
o rytoj su baltu rūku išgaruos.

O tolimas rausvas
dangau vakarini,
ką mano tu laimei, blykšdamas lemi.
Ar ten, kur užgeso
viltis sidabrinė,
suliepsnos jaunystė nauja ugnimi?

ついていく日に

またも金でできている今日は
山脈で鳴って
紅の彼方がとおく西でさけんだ。
わたしの恋しさが
飛び立ちわたしは追いつく、
そして明日白い煙とともに消えるだろう。

そして遠くの紅の
空の夕方よ、
きみが幸運のためにわたしの何を、青ざめ決めるのか。
そこで、銀いろの希望が
消えたところで、
青春が新しい炎で燃えたのか？

ELGETA

Jau baigė tyliai degti saulėlaidžio gaisrai.
Violetinėm skraistėm vyniojos vakarai.

Iš temstančių pakalnių jau artinos naktis.
Ir šmėštelėjo kažkas. — Nejaugi būtų jis?..

Liepsnotos akys žiūri pro praviras duris.
Kaip elgeta maldauja. — Ak jis... tai jis, tai jis...

Ir kruvinos jo lūpos tratėjo nebyliai.
Žaibais žaibavo akys — aistringi spinduliai.

Išeiki, nebauginki, šešėli neramus.
Štai, imki ką tik nori— palik mano namus.

Tau atiduodu visa, kas mano lig mirties.
Bet jis papurtė galvą: — Širdies, tiktai širdies!..

ものごい

日の入りの炎はすでに静かに燃え終えた。
西はすみれいろの外套をまとった。

暮れゆく山すそからすでによるが近づいている。
そして何かがひらめいた。——本当に彼なのか？……

燃える瞳が半開きのドアごしに見ている。
まるでものごいがたのみこむよう。——ああ彼だ……そ
　れが彼、それが彼……

そしてその血だらけのくちびるが音もなくわれた。
稲妻でひらめいた瞳——それは情熱の光線。

出ていけ、こわがらせるな、不安なかげよ。
さあ、ほしいものだけ取っていくのだ——わたしの家を
　のこすのだ。

きみにすべてをあげよう、わたしの死までもを。
でも彼は首を振った：——心を、ただ心だけを！……

あ

Širdis toji kankino baisias rudens naktis.
Išdegino man galvą, užnuodijo mintis.

Suvyto mano dienos nuo ašarų ugnies.
Ir tavo meilės rasos jas atgaivint turės.

Jis klūpoja... Akyse viltis ir sopuliai.
Ir sminga, kaip vilyčios sielon giliai, giliai.

O Dieve! Siųski mirtį... siųsk tūkstantį mirčių.
Ak vis nebus taip baisu, kaip aš dabar kenčiu.

— O elgeta, — aš nieko tau duoti negaliu.
Žudyk mane, visviena, ar šūviais ar peiliu.

Viešėjo čia valdovas gyvybės ir mirties;
Jis pavergė man širdį — likau aš be širdies.

心はそこでひどい秋のよるを苦しめた。
わたしの頭を燃やした、考えが毒を盛った。

わたしの日々がなみだの火により枯れた。
そしてきみの愛の雫が枯れた日々をよみがえらせねばな
　　らない。

彼はひざまずいている……目にはのぞみといたみ。
そして飛びこんだ、のぞみのようにたましいへふかく、
　　ふかく。

ああ、神よ！　死を送るのだ……千の死を送るのだ。
ああ、それもわたしが今苦しむほどにはひどくはない。

──そしてものごいよ、──わたしは何もきみにあげる
　　ことはできない。
わたしを銃か刃物でひとおもいにあやめるのだ。

あ

Palenkęs galvą tyli, lyg meldžias kuždomis.
Melsvi plaukai apsnigo sidabro žvaigždėmis.

Paguosti, palydėti?.. Bet, ką jau bepadės —
Nesugrąžint padangei nukritusios žvaigždės.

Beaistris ir bejėgis, kaip sutemų tyla,
Jis eina, bąla, bąla su alpstančia gėla,
Kaip visa jau praradęs, ir nieko neturįs...

Svyruodamas šešėlis sukniubo pas duris.

ここにおとずれたのは生と死の大公；
彼はわたしに心をしたがわせた──残ったわたしに心はない。

頭をたれてしずまる、まるでささやき声で祈るように。
水いろの髪が銀の星々でおおわれた。

なだめるか、よりそうか？……だがもう助けようがない──
落ちている星々は天空に返せないのだ。

情熱もなく力もない、まるで静まったたそがれ、
彼は行く、消えゆくいたみとともに白くなり、白くなる、
まるでもうすべて失って、何もないかのよう……

ゆれながらかげが戸口でくずれおちる。

あ

PAJESY

Ko tyli, sese, galvą nuleidus,
Ir nebeskamba tavo juokai?
Gamta sužydo, džiaugias pasaulis.
O tu pavytai ir nublankai.

Mano krūtinėj žiema tebsiaučia,
Širdis apšalus kietu ledu.
Mano krūtinėj alkanas skausmas:
Nėra saulutės, nėra žiedų.

Veltui budėsiu ilgąją naktį,
Veltui rymosiu vienų viena —
Liūdnos ir nykios ilgesio raudos
Mano krūtinėj gims su diena.

Mėlynas rytas, žydinti žemė
Tekančiai saulei himnus giedos.
Aš juodai nakčiai rankas ištiesiu:
Ji tesiklauso skausmo maldos.

パイェーシスよ

どうして頭をさげてからしずまるの、姉ちゃん、
それにどうしてあんたの笑い声がもうひびかないの？
自然がさきみだれ、世界が喜ぶ。
そしてきみはかすんでうすくなった。

わたしの胸では冬が吹きあれる、
心が固い氷で冷えてから。
わたしの胸には空腹のいたみ：
おひさまはない、花々もない。

意味もなく長いよるを起きていよう、
意味もなくこどくにもたれかかろう──
悲しくぞっとするなげきの歌が
わたしの胸で昼といっしょに生まれるだろう。

青のあさが、花さきながら大地が
のぼりくる太陽に歌唱する。
わたしは黒いよるに両手をのばす：
彼女にいたみの祈りを聞かせる。

Narsto po erdvę grakščios kregždutės,
Krinta alyvų melsvi žiedai.
Ko gi man, skausme, degini galvą.
Ko gi taip skaudžiai širdį badai!

Vienas, tik vienas žvilgsnis ugningas,
Saule nušvitęs, laužys ledus.
Vienas tik žodis jo stebūklingas —
Ir mano sieloj gėlės nubus.

*

Jesios krantus dengia sniegas.
Gamta merdi po ledu.
O man taip kaitri saulutė:
Širdis alpsta nuo žiedų.

Baltos sidabrinės naktys
Mus ten matė vienudu...

優雅なつばめがそれぞれの居場所に飛びこみ、
ライラックの水いろの花々が落ちた。
どうしてわたしのために、いたみよ、頭を燃やすのか。
どうしてそんなにいたましく心をつくのか！

ひとつ、ただひとつの視線が燃え立つ、
太陽によってかがやきはじめ、氷をとかす。
ひとつただ彼の言葉が奇跡的で──
そしてわたしのたましいには花々がありつづける。

                    *
イェシスの水辺を雪がおおっている。
氷の下で自然が苦悩する。
でもわたしにとってはとても熱いおひさま：
心は花々から消えゆく。

白銀のよるが
ふたりきりのわれわれをそこで見た……

あ

Jesios krantus dengė sniegas...
O širdis pilna žiedų.

Jesios krantuos jievos žydi.
Skamba krūmai nuo dainų,
Širdį man ledai sukaustė.
Sieloj žiemą gyvenu.

Žalias krantas. Tolumoje
Bėga, skuba traukinys.
Jam su ašarom grūmoju —
Mano širdį neša jis.

Skęsta jau balta dienelė
Tolimuose vakaruos.
Man vaidenas jo šešėlis
Ir mintyse ir sapnuos.

イェシスの水辺をおおった雪……
そして心は花々でいっぱい。

イェシスの水辺でウワミズザクラがさいた。
やぶが歌によって鳴った。
氷がわたしの心を凍りつかせた。
たましいの中でわたしは冬をすごす。

緑の水辺。遠くで
走って、いそぐ列車。
彼をなみだでおどす──
わたしの心を彼が運ぶ。

もう白昼が遠くのよるの中で
迷子になった。
考えの中にも夢の中にもその影が
わたしにあらわれた。

あ

あとがきにかえて

　この詩集を編んだサロメーヤ・ネリスは、リトアニアの詩人
です。ネリスが生まれたころ、現在リトアニアとよばれている
土地の大半がロシア帝国の領土で、他の一部は東プロイセン領
であり、「リトアニア」という国名は地図上にはありませんで
した。ネリスが生まれたキルシャイ村は、ロシア帝国領側にあ
りました。

　当時、ロシア帝政の領土であった場所では、19世紀後半か
らネリスが生まれた1904年まで、ラテンアルファベット表記
の（この本の表記のような）リトアニア語の出版物は厳しく禁
止されていました。そのため、リトアニア語の本は東プロイセ
ンで印刷され、国境をひっそりと越えて密輸され、農民達の
ネットワークにより命がけで流通されていたと言われています。

　リトアニアは1918年2月16日に独立宣言をしました。しか
しその独立は、1940年にソ連に侵攻されたことでいったん終
止符を打つことになります。ネリスの作品のほとんどは、この
短い期間に発表されています。本作は、1927年にネリスが大
学在学中に発表した処女詩集です。

　リトアニアのたどった歴史と同様に、ネリスその人について

の評価も一筋縄ではいきません。サロメーヤ・ネリスは、その名前を冠した道や高校があり、学校の教科書にもその作品が載っているように、国を代表する詩人としての地位を確立しています。しかし、その文学的な才能が時間を超えて多くの読者を魅了する一方で、ネリスの政治的な立ち位置（晩年はソ連政府に協力する立場を取っていた）は、ソ連からの独立後のリトアニアを生きる人々に対して、ある種の複雑な感情を引き起こしていることもあるようです。

　読者の皆さんにお願いがあります。ここまで、サロメーヤ・ネリスの生きた時代の背景を説明しましたが、一度忘れてください。まずは、１篇１篇の詩の中に、リトアニア語の息づかいやそのうつくしさを見つけてください。

　この対訳詩集が生きたリトアニア語にふれあうきっかけとなり、いつか読者の方がリトアニアを訪れることを願うばかりです。

　　　令和２年２月

　　　　　　　　　　　　　　　　　　　　　木村　文

著者略歴

サロメーヤ・ネリス (Salomėja Nėris)

20世紀前半のリトアニアを代表する詩人。
1904年、キルシャイ村（現リトアニア共和国）に生まれる。リトアニア大学（現ヴィタウタス・マグヌス大学）在学中の1927年、処女作『あさはやくに (“ Anksti rytą“)』を出版した。1938年、『ニガヨモギで花咲く (“Diemedžiu žydėsiu“)』が国家文学賞を受賞。1945年、モスクワで病気により死去。

訳者略歴

木村　文 (きむら・あや)

博物館研究者、リトアニア語翻訳者。
1993年、東京に生まれる。2016年お茶の水女子大学生活科学部卒業。2017年度リトアニア政府奨学生としてリトアニア国立教育大学に留学。2018年4月よりお茶の水女子大学生活工学共同専攻後期博士課程に在籍。